Die verbliebene Fähigkeit

Über dieses Buch

Wir können uns annähern. Wir alle konnten dies, als wir noch Kinder, jung und ohne Vorurteil waren. Haben wir diese Fähigkeit mit der Zeit verlernt? Dieses Buch sucht eine Antwort auf diese Frage und ist dabei nicht immer erfolgreich. Wir benötigen unsere Eigenheiten, um mit dieser Welt zu flirten. Doch als Narzissten interessieren wir uns kaum noch für diese Welt und ihre Eigenheiten. Von dieser Entfernung berichten die hier versammelten Kurzgeschichten und spielerischen Würfe.

Felipe oGnzo

Die verbliebene Fähigkeit

mit der Welt zu flirten

© Felipe oGnzo

o Edit o | zwei | 1. Auflage

Die Deutsche Nationalbibliothek verzeichnet diese
Publikation in der Deutschen Nationalbibliografie.

http://dnb.dnb.de

ISBN: 978-3-7519-3384-1

Herstellung und Verlag: BoD - Books on Demand,
Norderstedt

o Edit o

Liebste Leser und Leserinnen,

...diese Anrede schmeichelt euch liebst. Denn Sie sind vielleicht nur ein einziger Leser und gar nicht viele oder mir lieb.

Ich kenne Sie nicht. Meine Anrede kann Ihnen nicht gerecht werden und das ist ärgerlich. Für beide Seiten. Auch von diesem Ärger handeln einige Texte in diesem Buch. Stellen Sie sich zudem vor, diese Welt müsste uns stets gerecht werden. Jede unpräzise Beschreibung wäre eine Zumutung. Jede fremde Vermutung könnte uns erniedrigen. Sobald mensch sich durch ein unzutreffendes Wort tief getroffen fühlt, zögen wir vor Gericht. Unsere nicht perfekte Welt würde zu einem Verbrechen gegen die selbstbestimmte Menschlichkeit. Und das ist sie in vielen Fällen tatsächlich.

Doch mit der Fremdwahrnehmung verlieren wir zugleich einen wichtigen Teil unserer Gegenseitigkeit. Wenn jeder nur noch eine Idee zu sich selbst haben dürfte, wäre der Austausch von Erfahrungen und Ansichten kaum noch möglich. Unser eigenes Empfinden bleibt immer ein Kommentar zu dieser Welt, der andere betrifft und anderen Empfindungen widersprechen kann. Wir werden den Zuweisungen wohl niemals vollends entkommen, auch wenn wir uns täglich zu Recht darüber ärgern möchten. Und ich frage mich: Sind wir tatsächlich gekränkt, dass diese Welt uns nicht so gut kennt, wie wir uns selbst? Ist dies nicht erwartbar und auch würdig, sollten wir alle anders und für uns eigen sein? Sind wir tatsächlich beleidigt, dass es da draußen andere Menschen gibt?

Wie steht es also um unsere Fähigkeit, mit dieser Welt zu flirten? Können wir einer fremden Wahrnehmung noch etwas abgewinnen? Spielen wir noch mit den Blicken? Kokettieren wir noch mit den Öffentlichkeiten oder verstecken wir uns bereits vor all den möglichen Zumutungen und Kränkungen da draußen?

Ich bin der Ansicht, der Kontakt zu dieser Welt sollte immer mit ein wenig Neugierde einhergehen. In neuen pseudonymen Räumen darf uns das Fremde exotisch reizen und erotisch inspirieren, ohne das wir uns dabei riskieren. Doch diese Vorstellung wird wohl vielen Menschen - und auch euch, liebste Leser und Leserinnen - nicht gerecht. Die folgenden Texte gehen dieser bösen Vermutung nach und wünschen sich zugleich, ihr würdet widersprechen.

Felipe oGnzo

1- Zirkelschluss

...sie habe das alles bereits erlebt. Oft habe das scheinbar Einfache bereits seine Umwege hinter sich. Doch der Komplexität unseres Seins fehle der Ausdruck, eine Form, stellte sie fest. Man könne für sich tausend Erlebnisse gereiht, unendlichen Geschichten beigewohnt und Kontexten eine Erfahrung abgerungen haben: Man sei für seine Zeitgenossen doch nur eine Frisur, ein Make-Up, ein blödes Mode-Accessoire. Das Viele in uns und sein langer Weg zu einer eigenen Haltung. Diese hart erarbeitete Gelassenheit gegenüber dem Verschiedenen dort draußen. Unsere Kenntnis vieler Wege, Zustände und Perspektiven: Diese Eigenheiten eines Menschen blieben für den Betrachter häufig unterschwellig.

Die Tiefe sei für unsere Blicke haltlos oder würde von uns nur allzu bereitwillig ignoriert. Sie legte eine kurze Pause ein und musterte nun auch die neuen Zuhörer in den hinteren Reihen.

Unsere Narben und mentalen Verhärtungen blieben hingegen gut wahrnehmbar, fuhr sie fort. Sie würden zu einem bemerkbaren Charakter taugen. Dies erkläre vielleicht, warum sich die Menschen ihre Erfahrungen tief in die Haut ritzen würden. Diesem Impuls liege nicht immer eine tiefe Erkenntnis zugrunde und doch seien die Zeichen sichtbar.

Ihre Augen lachten bei dieser Bemerkung kurz auf. Einige der Anwesenden lächelten wissend zurück. Vielleicht kam Ihnen das eine oder andere Tattoo in den Sinn, das sich ihnen in den letzten Tagen aufgedrängt hatte. Bemalte Haut, die sich wichtig und zeitlos gab und doch immer noch etwas anderes über ihre Träger aussagte.

Jeder Schmuck entstehe wohl aus der Sorge, dass man frau divers von anderen auf etwas Einfaches reduziert werde, dachte sie laut. Auch unsere Tattoos seien ein Zeichen dieser Angst, nicht als etwas Eigenes, etwas Besonderes betrachtet und respektiert zu werden.

Es sei jedoch nicht nur die fehlende Sichtbarkeit, die uns die Wahrnehmung von Tiefe erschwere. Das scheinbar Einfache werde noch aus anderen Gründen als das Ergebnis einer Naivität betrachtet. Nur selten würden wir hinter den fehlenden Narben unserer Mitmenschen freiwillig Reife vermuten. Sie meine damit all die Blicke, die eine fremde Tiefe zunächst verneinen müssten oder gar bewusst zu verhindern suchten. Unter den Blickenden tobe ein Machtkampf der Sichtbarkeit, eine Auseinandersetzung um die Frage, wer wen als irrelevant reduzieren kann. Sie beobachte ein absurdes Vertrauen in die eigene oberflächliche Wahrnehmung, obwohl man frau divers in Anderen immerzu Schlichtheit und zugleich die eigene tiefgründige Überlegenheit bestätigt sehe. Dieser Zirkelschluss sei vielleicht der Kern unserer visuellen Kultur, dieser Routine rasch beurteilter Oberflächen.

Auch ihre Zuhörer fühlten sich nun von ihr beblickt und hofften, trotz des Schmucks und der Tattoos nicht reduziert zu werden.

In unserer durch und durch visuellen Kultur würde damit nicht nur das Vernarbte, das Kaputte zu einer relevanten, da augenscheinlichen Eigenschaft des Menschen. Auch die Arroganz, dieser Sinn für Macht und Erniedrigung kröne sich zum Wesentlichen. Sie finde Opfer und Bestätigung ausgerechnet in jenen Menschen, deren Anblick sich gegen diese Überheblichkeit und all die wertenden Blicke niemals wehren wollte.

„Für jene, die sich bedeutsam abheben möchten, müssen die Unscheinbaren bedeutungslos sein."

Darin würden sich all die Vernarbten und Blasierten dieser Welt kaum unterscheiden und damit dominiere ein Wesenszug diese Welt, der nur noch das anerkenne, was mit Gewalt nicht mehr zu leugnen sei. Niemand suche mehr, jeder finde bereits, was er sehe...

2- Oberflächenrein

Das Näschen dünn, die Hüfte schmal. Das Magere soll wohl vornehm wirken. Die Stoffe erlesen, distinguiert, jeder kleinste Makel ausgerieben. Das Gesicht emotionslos, spiegelform, ihre Blicke haften nicht, sie ignorieren. Ihr Charakter eine Vermutung, eher angeboren, als würde das Leben resultieren, als sei die Distanz ein Kapital, die kühle Pflicht, zu existieren. Die Hüllen füllen die schnöde Ausdrucksleere kaum, doch sie will nur noch als Besonderes lieben. Sie fühlt sich schlecht behandelt, von Banausen ungewürdigt. Sie möchte unabhängig von fremden Blicken sein. Doch nur ein Plakat fühlt sich in sie hinein, das Model einer Werbeanzeige und weitere visuelle Hypothesen. Wir sollen sie weiterhin ernst nehmen in ihrem blasierten Schein, sie mit unserer Aufmerksamkeiten zieren und bleiben doch allein, sollten wir nach Tiefe gieren in all dem Oberflächenrein, das sich nur noch spiegeln will.

3- Die Reserven der Unschuld

...er war auf der Suche nach ein wenig Unschuld, nach den heimeligen Reserven kindlicher Freude und Unbedarftheit...

...tief verborgen in den Nischen eines jeden fremdbesorgten Selbst schlummerte dieser kleine Rest, der die Welt niemals als schonungslos erleben wollte...

...er liebte diese verbliebenen Reservoirs, die sich in ihren Regungen öffnen konnten, ohne die eigene Verletzlichkeit zu befürchten. Es reichten meist nur ein zwei Worte, die der allgemeinen Belanglosigkeit trotzten...

...und dennoch war es mit der Zeit nicht einfacher geworden, die Anpassungen zu durchdringen, die sich der Mensch zu eigen machte, um sich für andere bedrohlich zu verdecken...

...vielleicht ließ sich ein Bedürfnis nach harmloser Gegenseitigkeit ja auch oberflächlich befriedigen. Indem niemand niemanden riskierte, sich selbst schon gar nicht...

...doch ganz gleich wie abgeklärt sich sein Gegenüber gab, er fand immer eine dieser Regungen, die sich die eigene Unschuld weiterhin wünschte...

...jeder erhielt sich auf die eine oder andere Weise dieses Gefühl der Wahl, sich im Zweifel für die Schuldlosigkeit und gegen den Hass entscheiden zu können. Und sei es die Liebe zur eigenen Mutter...

...und egal wie viel Aufwand sie betrieben, wie viel Sicherheit sie in ihre eigene Erzählung legten, ihm gegenüber brauchte es mehr, um als Mensch zu überzeugen, mehr als diesen Anschein einer verlorenen Unschuld, die sie anderen als Reife andrehten...

...er ließ die scheinbar souveränen Menschen gerne nachdenklich zurück, falls sie dazu noch fähig waren. Er suchte weiter nach den anderen, die ihre Feigheit nie brauchten...

4- Nervöse Herden

Unsere Selbstbestimmung verkommt zu einer Farce, zu dieser Zugehörigkeit zur Szene.

Es wird das eigene Selbst gepriesen, dieses komische Gefühl der Gene. Man will innerlich nichts mehr werden oder gar neu entscheiden, nur noch ohne Rücksicht für sich selbst und gegen andere sein.

Aber benötigt man, um 'selbstbestimmt' zu sein, nicht ein Selbst, das selbst bestimmt? Ein Wesen, das nicht dem Körper erfolgt und sich in Abstammungen findet, sondern ein Bewusstsein darüber hinaus, das sich in neuen Abstimmungen bindet, bewusst etwas sein will und es sich dann nimmt?

Werden wir als Automatismen zu uns selbst? Wollen wir nur noch das eine oder andere Schema sein? Wir reihen uns ein und fühlen uns zugleich verfolgt von den Schablonen. Wir fühlen uns hinein in ein Klischee und wollen uns doch nicht als dieses Normale lohnen.

Und wie lösen wir bloß diesen bösen Reigen, dass wir uns neuerdings an andere als Opfer binden, dass wir betroffen unser eigenes Selbst inszenieren, das offen damit ringt, dass auch andere rings frei für sich entscheiden?

Sollte nicht jeder eigene Worte dafür finden, dass wir nicht leiden, weil andere sind? Wird es nicht Zeit, dass sich unser Selbstmitleid benimmt?

Degradieren wir uns weiter zu nervösen Herden, so werden wir niemals selbstbestimmt…

5- Geschlächterstrand

Schaue ich ganz ohne Geschlecht auf die Steine herab, werde ich ihnen wohl ungerecht.

Wie sie dort liegen, rollen, grob oder glatt, in kleinen Verbünden oder schroffen Klippen satt, nenne ich sie Steine und reduziere sie knapp. Ich wühle nicht in mir, eile nicht voraus in Empathie. Denn was die Steine denken und empfinden, das wissen wir nie.

Und doch machen sie mir Hoffnung, dass all der spleenige Spuk sie letztlich zu Sand, zu den Stränden trug. So sehe ich in den Geschlechtern immer das Korn, das sich noch abträgt in ihrem Zorn. Und wer gelassen auf verfeinten Steinen liegt, ist mehr als der Hass, hat ihn besiegt.

6- Das Treiben

Die Welt locker leicht verdichtet
unser letzter Traum.
ungeschlichtete Tänze
bewegte Bilder
— kaum.

Der Zweifel über uns erhaben
berührt uns ohne Not.
trabende Hüter
brechende Lanzen
Tod.

Es bleibt die trieblose Liebe
als Hoffnung ohne Land.
neu versöhnt
vertöchtert
Sand.

7- Lebensabend

Es war nun knapp fünf Jahre her, dass ihre Worte mich zu dem machten, der ich heute nicht mehr bin. Ich saß in einem dieser Theater, in denen laut gepfiffen wird, wenn sich die Sätze wiederholen. Auch wir johlten immer wieder auf, wenn wir bei den Darstellern Zitate witterten und bewarfen die Bühne mit Gegenständen. Eine gute halbe Stunde hatten meine Begleiter und ich das Geschehen bereits beobachtet. Wir waren bereits ein wenig erschöpft von unserer eigenen expressiven Langeweile und auch unsere Wurfmunition ging langsam zur Neige. Da fiel sie mir auf. In ihrem in der Dunkelheit fast farblosen Kleid. Wie sie im gleichen Rang gegenüber über dem Geländer hing und wie wir die Bühne nach Ereignissen absuchte. Eine plötzliche Zeitreise durchfuhr meinen Körper. Ein Flashback führte mich in jene Nacht zurück, in der sie mich endgültig für verrückt erklärte. Ich bin ihr bis heute dafür dankbar.

Ihre Worte waren ein rares Kompliment in jenen Tagen und sie trugen mich in den folgenden Jahren durch so einige dunkle und selbstverzweifelte Stunden. Ich habe noch häufig an sie gedacht. An diese schöne Überraschung in Ihren Augen, als Sie bemerkte, dass mein Mut über meine Worte noch hinaus ging, dass ich das Gesagte tatsächlich tun würde.

Ich sehnte mich plötzlich wieder nach dieser Sorge, dieser faszinierten Unschuld, die ich damals noch inspirieren durfte. Ich war damals regelrecht süchtig nach diesem Blick gewesen und diesem Übermut in mir, der Ihre Aufmerksamkeit so sehr genoss.

Nicht jeder durfte in jenen Tagen noch als verrückt gelten. Besonders als Einheimischer hob man sich vor der Kulisse im eigenen Land kaum noch ab. Man blieb in seiner Erscheinung wohl immer ein bisschen zu bieder und gewöhnlich, war nicht so exotisch wie die Zugezogenen. Die Städte waren gefüllt mit diesen hedonistischen und nihilistischen Freaks aus allen möglichen Ländern, die hier den Raum und die Freiheit für Ihre Eskapaden fanden. Wir begrüßten all die Ausgestoßenen, die nie mehr in die verkrusteten Gesellschaften ihrer Eltern zurückkehren wollten. Wir schlossen uns diesen feiernden Flüchtlingen an, um mit ihnen zusammen frei zu sein, um mit ihnen das Vakuum zu füllen, das unsere Heimat ohne Form und Bleibe zu bieten schien.

Sie verließ mich für einen jungen Kolumbianer. Dann für einen hübschen Spanier und ging schließlich mit einem Amerikaner, der ihr eine begrünte Dachterrasse in einem der angesagtesten Viertel der Stadt bot. Sie verlor den Kontakt zur Straße und auch unser Kontakt brach damit ab. Wir sahen uns kaum noch und wenn dann zufällig und flüchtig. Beiläufige Blicke, die sich nicht leugneten und doch ignorierten. Ich hatte nicht vor, wie sie eine Bleibe zu inspirieren und blieb der Welt weiter verpflichtet. Ich umgab mich mit Menschen, nicht mit vier Wänden und tauchte in dieser Stadt.

Ich wurde, was ich war und heute nicht mehr bin. Der Welt waren längst die Ideen ausgegangen. Sie brauchte mich, davon war ich damals fest überzeugt. Alles, was der vermeintlichen Avantgarde noch einfiel, war ihr eigener endzeitlicher Rausch, der nicht mal den nächsten Morgen bedachte. Dazu eine durchschaubare, krampfhaft tabubrechende Pseudokunst, die sich das eigene Ego oder den eigenen fleischigen Körper zum messianischen Anlass nahm. Diese Kunstschaffenden bemühten sich nur um sich selbst und nicht mehr um diese Welt. Und immer wenn sich die Moderne in neue endzeitliche Exzesse flüchtet und durch eine schonungslose kulturelle Erneuerung zu retten sucht, kommt sie offenbar nach Deutschland und füttert einen Moloch mit feierwütigen Narzissten. Mit Menschen wir mir.

Ich war Teil von all dem und in meinem Umfeld auch die treibende Kraft hinter dieser ruhelosen Sucht nach immer neuen Erlebnissen. Dabei waren wir alle irgendwie verschuldet, doch dies spielte nur selten eine Rolle, denn niemand feierte gern allein und es gab immer eine kurzfristige Lösung oder einen alten Gefallen, den man noch einfordern konnte. Niemand wettete mehr auf die Zukunft, geschweige denn auf die gescheiterte Vergangenheit.

Zur losen Entourage meines kleinen aufstrebenden Kultes gehörten zu Beginn etwa zehn bis zwölf Personen. Wir bevölkerten auf unsere eigene gottlose Weise die Partys und Bars der Stadt und ließen uns geduldlos treiben. Im Rückblick staune ich immer wieder, wie viel Sinn wir mit unseren Streifzügen stifteten und in die folgenden belanglosen Tage retten konnten. Es lässt mich heute noch lächeln, für wie relevant wir uns damals hielten, obwohl wir nur ein paar Typen unter Hunderttausenden waren. Vielleicht ist dies eines der größten menschlichen Wunder, das ich je erleben durfte. Aus dem Nichts schufen wir wertvolle Vergänglichkeit.

Ausgerechnet unsere Egozentrik rettete uns durch diese Zeit ohne bleibende Merkmale und Perspektiven. Wir waren nicht mal eine Randnotiz der Weltgeschichte. Wir waren der Sand am Meer, der für jede Welle dankbar sein muss, die ihn erfasst und waren dabei dennoch glücklich.

Gelegentlich gelang es uns, diese Wellen selbst zu erzeugen und das war unsere Form der Kunst. Der Alkohol wurde dabei schnell normal und wir ließen uns weiter inspirieren. Wir hielten unsere eigenen biochemischen Nervenensembles für die Elite einer nahen, kommenden Zeit und dieser Größenwahn erschien uns angemessen. Wir drängten immer weiter, bis wir fielen und uns kurz ausschliefen. Bei all diesen selbstverliebten Räuschen und defilibratorischen Ausflügen galten nur neuartige, nie da gewesene Erlebnisse als eine Währung, die man tauschen konnte und wir alle arbeiteten stetig an diesen Exzessen und Abstürzen für unsere Freunde, um dem Gewöhnlichen jedem Tag ein wenig zu entfliehen.

Wir ließen die Welt um uns herum hinter uns. Und doch gab es immer wieder tragische Momente. Momente in denen jemand ohne Absicht ausnüchterte und ohne Vorwarnung den Absprung schaffte. Mal war es die Karriere in einer anderen Stadt, mal eine Frau, mal ein Kind, ein schlimmer Unfall, etwas ärztliche Fürsorge oder der Knast.

Und nun waren nur noch wir drei übrig. Die letzten Ritter dieser lebenshungrigen Tafelrunde. Für uns hatte die Realität noch keine Bedeutung gewonnen, wir saßen weiter hier in unserer expressiven Langeweile und hatten noch nicht bemerkt, dass ein Haus in der Vorstadt für die nachkommenden Generationen tatsächlich Sinn ergab. Dass eine normale Anstellung Erfüllung bedeuten konnte und nicht nur dem kurzfristigen Gelderwerb diente. Dass die Arbeitskollegen den Menschen Familienersatz boten und echte Freunde erübrigten. Dass der stete Respekt von völlig fremden, biederen Menschen etwas war, worauf man ein Selbstbewusstsein gründen konnte. Nach all den rücksichtslosen Eskapaden, die nicht ausschließlich von Verblendung geprägt waren, sondern die wir immer auch als ein bewusstes Statement gegenüber einer sinnlosen Zeit lebten, konnten wir immer noch nicht fassen, was um uns herum geschah. Und doch schien es nur eine Frage der Zeit, bis der Nächste von uns von der Wirklichkeit eingeholt wurde, ergraute und starb. Irgendwann würden wohl auch wir müde von unserem eigenen so künstlich gewordenen Elan, der uns immer einsamer werden ließ. Freiwillig würde keiner von uns aufgeben. Das hatten wir uns bei jedem weiteren Verlust eines Mitstreiters geschworen. Jeder von uns wollte im Zweifel der Letzte sein.

Wir glaubten weiterhin daran, dass es da draußen keine Zukunft ohne unsere Unvernunft gab, die wir täglich inbrünstig verkörperten und wie Atlas auf unseren schmächtigen, untrainierten Schultern trugen. Es war unser Schicksal und unsere Pflicht in offenbar reaktionären und neureligiösen Zeiten. Und nun saß sie da. Jene Frau, die mit ihrem Kompliment die Tür in den folgenden Wahnsinn weit aufgestoßen hatte. Die mit der unfreiwilligen Anerkennung meines Talents, mit der Entdeckung dieser Unberechenbarkeit einen Mann geschaffen hatte, der morgens nicht mehr in den Spiegel sah, weil sich sein Bild von nun an täglich wandeln sollte. Doch ich war, was ich wollte, wenn ihr Blick mich traf.

Mir war plötzlich nach Flirten zumute. Ich mochte Frauen, die alleine ihre Unterhaltung suchten und sich nicht feige mit einer Traube aus Freundinnen umgaben. Beim Flirten ging es um die erotische Anziehung zweier Menschen, nicht um den Smalltalk mit irrelevanten Nebendarstellerinnen, Anstandsdamen und Gafferinnen. Ich war zudem nicht gut darin, mich in solchen Situationen höflich zu verstellen. Ich prüfte, ob die anderen beiden sie bereits bemerkt hatten. Mit dem Vorwand, ich würde mal schauen, ob ich irgendwo noch etwas Härteres als Bier fände, verabschiedete ich mich von meinen Freunden. Sie spürten die Heuchelei in meiner Stimme. Sie merkten sofort, dass mit mir etwas nicht stimmte, suchten den Saal ab, sahen sie, sahen sich gegenseitig an und wussten, dass sie auch mich heute verlieren könnten. Es war das letzte Mal, dass wir gemeinsam feierten.

Es erschien mir lange unmöglich, dass sich in dieser so beliebigen und belanglosen Zeit, die wir ohne echtes Zeitgefühl durchhetzten und die für uns keine brauchbare Linie mehr produzierte, ein Kreis wieder schließen könnte. Doch sie führte mich zu dem Moment zurück, für den ich insgeheim wohl immer gelebt hatte. Wir hatten den Mut, etwas Besonderes füreinander zu sein. Und vielleicht war dies die einzige Kunst, die uns in dieser gleichgültigen Welt noch blieb.

8- Alles gewesen

Bereits alles gewesen, doch nie geblieben, alles gehabt, nie verharrt, gerne an den Widerständen aufgerieben und dabei immer angetrieben von dieser Ruhe in den eigenen Trieben, von unserer Größe im Spagat. Bis wir uns als Menschen lieben, bis jeder etwas davon hat.

9- Menschliche Lichter

Die bösen Geister, düsteren Prediger, Gläubigen und Richter, die selbstverliebten Hierarchen und auch die endgültig Gebildeten in ihren grenzenden Archen,

sie alle fürchten die guten Geister, die Fragenden, die Meinenden, die Dichter, all die Fremdverliebten und auf Augenhöhe Erfahrenden: uns menschliche Lichter.

10- Kleiner machen Kyniker

Kleiner machen, immer kleiner. Bis es nur noch größer gibt und alles zum Affront gerät. Dass du von unten schauend die Höhen sehr wohl kennst. Dass Du ohne bekannten Namen den Herr- und Damschaften selbstbewusst entgegentrittst. Der Pomp wirkt verunsichert, denn er schüchtert das kleine Unwahrscheinliche vor ihnen nicht. Als diese Kyniker bleiben wir gelassen und lächeln den Dekadenzen offen ins Gesicht. Denn ihre Größe gibt es nicht. Nicht in unserem Verzicht auf die Überheblichkeit.

11- Kitzekeine

Kleine Worte. Klitzekleine.

Bloß nicht provokritieren. Nicht den Anstoß suchen. Alles lieber kleinschreiben, damit auch die Rechtschreibkorrektur sich bedeutsam fühlt und dich devot begründet. schüchtern nur den vornamen nennen. zu Diensten. schnell loyal die blicke senken. sich all den Sitten beugen und vor Zeugen rückwärts trippeln. verlegen nesteln, wenn jemand blickt, in Ecken verloren an den strähnen zippeln. für die eigene Demut beten, um irgendwann einmal würdig zu sein, gewagt ein wenig aufzublicken. als sei man etwas, das diese Welt bedenke, mit Schicksal lenke. schuldbewusst zu fremder Weisheit nicken, was gut für einen sei, dass dies wohl der richtige Zeitpunkt wäre, diesen Gästen einen Kaffee oder Tee zu reichen. bringen. dienen. schleichen in diesem unterwürfigem Schweigen.

keine worte, kitzekeine.

Morgen ist kein neuer Tag, mein Sklavenklein. Nein, nicht für dich. Die Welt dreht sich ohne dich weiter und lacht weder über, noch in dein Gesicht. Denn dich gibt es nicht.

12- Weinbergen

Der Geist zog seine Fühler ein und nahm seine Windungen mit in ein Schneckenhaus.

Die Tasten hatte er ausgestreckt, sich mit diesen Berührungspunkten lange Zeit verletzlich und bemerkbar gemacht. Doch die neuen Erfahrungen blieben nun schon länger aus. Sein Gespür entwickelte sich nicht mehr weiter und die Wiederholungen erneuerten kein Spiel, keine Wechselwirkung, keinen reizenden Anlass mehr.

Der Geist wollte nicht mehr. Er wollte nicht mehr tauschen mit denen, die er dort draußen als selbst gewählt vermutete. Er wollte nur noch seine Idee sein, ohne das vorgespielte Miteinander. Er empfand dort draußen kein Füreinander mehr, das er nicht selbst mühsam inszenierte und mit dem er sich nur weiter betrog.

Brauchte es das Gemeinsame wirklich, um für sich weiter zu kommen? Um wie viele Kontakte musste ein Geist sich verdient gemacht haben, um als dieses kommunikative Versuchsobjekt endlich resignieren zu dürfen? Wenn niemand mehr dazu lernte, durfte dann auch die Laborratte auf ein Leben nach dem Experiment, nach den Labyrinthen hoffen?

Der Geist würde das Kommunizieren nun einstellen. Man würde ihn schon bald als unbewegte Natur wahr-

nehmen, als Nahrung im besten Fall. Er wäre unge-
nießbar ohne neue Würze, zudem ein Parasit für die
Trauben und Reben in den Weinbergen. Ein Wanderer
mit schlichtem Gemüt würde ihn in diesem selbst
gewählten Schneckenhaus vielleicht aufsammeln und
mit Knoblauch und Zwiebeln in einer Pfanne anmachen,
um seinen bitteren Nachgeschmack zu übertünchen.

Von ihm bliebe schließlich nur eine hohle Schale, der
vage Hinweis auf ein Leben, das sich damals verkroch
und nur noch auf diesen einen hungrigen Wanderer
hoffen durfte.

Der Geist wählte seinen Weinberg gut und er ver-
schwand.

13- Nur ein weiterer Korinthen Acker

Registrieren, drei Klicks umschauen und bereits mit dem ersten Aspekt hadern. Schnell vermuten, man sei hier wohl der Erste und Einzige, der mit etwas hadere. Mit allen hadern, die nicht so hart hadern wie man selbst. Wieder abmelden.

Nochmals anmelden, um etwas zu ergänzen. Vermuten, man sei hier wohl der Erste und Einzige, der etwas zynisch formuliere. Alle Menschen kommentieren, die nicht so abschließend und zynisch kommentieren wie man selbst. Mit der gesamten Menschheit hadern. Endgültig abmelden.

Wieder anmelden und gucken, ob jemand geguckt hat. App herunterladen, um noch häufiger prüfen zu können, ob jemand geguckt hat. Sich ärgern, dass man offenbar viel öfter guckt als andere zurück gucken. Böse jene begucken, die nicht so oft gucken wie man selbst. Mit der gesamten Menschheit oder wahlweise der Jugend hadern. Wieder abmelden.

Nie mehr abmelden.
Alles löschen.
Neu registrieren.

Behaupten, man bleibe nur wegen dieser einzigen Rosine. Alle böse bemitleiden, die nicht ebenfalls wegen dieser einen Korinthe bleiben. Von Sultaninen abgrenzen und sie für den Untergang des Abendlandes verantwortlich machen. Mit den jungen Weintrauben hadern. Sie zum Trocknen auffordern. Dem Leben das Welken und Schrumpfen empfehlen und für immer abgemeldet sein.

14- Klimaxzombie

...und dieser letzte Aufschrei einer kaputten Seele war im Sinne der Steigerung wohl ihr Endpunkt, ein unüberhöhbarer Gipfel ihrer Anklage und fand in dieser letzten Verausgabung doch kein Ende, verklang unerhört in der zehrenden Dehnung einer nie endgültigen, viel zu dezentralen Welt, die den Einzelnen und sein Leid stets überleben würde...

...auf den Bildern bemerkte er immer wieder diese aufgerissenen Münder, stumm erstarrte Rachen, die mit schreiender Fratze ihren Klimax längst verspielt hatten, eine bis zum Äußersten eskalierte Mimik, deren Ultimatum an diese Welt bereits vor Langem abgelaufen war...

...ein erkalteter Wahnsinn sprach aus diesen Gesichtszügen, eine Misanthropie, die niemanden mehr rühren konnte. Diese endgültig Überbotenen warteten vergeblich auf eine Genugtuung. Die Enttäuschung darüber fraß sich unerbittlich nach innen, bis sie ihnen alles Menschliche nahm, für das man sich noch respektieren könnte...

15- Leere Schuld unter den Stümpfen

Ein Selbst sucht, die Leere schult, geh Wald. Er bäumt sich, fälle Halt. Urteile, wen die Axt erwählte. Gib dem Feuerholz die Schuld an deiner Kälte und finde dich, überragend, in gerodeter Flur. Denke nur an dich und sei nichts auf der Spur, dort unter deinen Stümpfen.

16- Einsamkeit

„Ist das so?", fragte sie abwesend und hörbar desinter-
essiert an der Thematik. Sie fühlte sich genötigt, hier
noch mal einen kritischen Einwurf zu tätigen, der Pflicht
nachzukommen, einer längst zugespitzten Haltung ein
hinterfragendes ‚Tatsächlich?' entgegen zu setzen. Er
überging die Halbherzigkeit in ihren Worten, nutzte sie
als weitere Vorlage, noch tiefer in die Materie einzustei-
gen, diesen Skandal in unendlichen Ketten zu erläutern.
Bereits seit einer halben Stunde schaute sie ihrem ehe-
maligen Freund nicht mehr in die Augen, blickte gelang-
weilt und mit lustlos hängenden Gesichtsmuskeln in das
Grün seines Gartens.

Sie dachte sehr gerne über diese Welt nach, wenn sie
dort für sich Konsequenzen sah, eine Perspektive, wie
sie etwas ändern konnte. Doch er suhlte sich weiter in
einer Kaskade aus Hintergründen, absurden Anachro-
nismen und traurig aussichtslosen Diagnosen. Dieses
Conspiracy-Ding war inzwischen ein Teil von ihm, den
er nicht mehr überwinden konnte, sondern brauchte,
um noch etwas wert zu sein. Er besaß vielleicht nur noch
dies, den Stolz, anderen mit seinen Informationen etwas
voraus zu sein. Er reagierte selbst auf ihre Zustimmung
zu seinen Äußerungen und Einschätzungen empfindlich,
weiterführend, ergänzend. Bis sie ihm endlich das letzte

Wort ließ. Doch auch dies konnte ihn nicht immer zufrieden stellen, da er sich von ihrem Desinteresse in seinem Erklärungsdrang bestätigt sah, sie erneut für uninformiert und damit unpolitisch hielt. Er klammerte sich daran, dass seine persönliche Analyse tatsächlich einen Unterschied machte, selbst wenn sie ihm erklärte, dass sie den gleichen Beitrag im Fernsehen, den gleichen Artikel im Netz gelesen habe, wiederholte er seinen neuen alten Horizont auf der Suche nach Bestätigung, dass sein Geist kein weiterer, gewöhnlicher Konsument dieser Nachrichtenwelt war, sondern etwas Eigenes bewirkte.

Hatte er sie bereits vergessen? Bisher suchte sie vergebens nach seinem Interesse an ihr und ihrem Leben. Ihre erfolglosen Versuche, das Gespräch auf das heikle Thema zu lenken, weswegen sie ihn heute aufgesucht hatte, gingen nahtlos in ein Universum aus Verschwörungen und politischen Komplotten über. Die gesundheitliche Situation ihrer Mutter wurde so zu einem Detail der Pflegereform, die anstehende Heirat mit dem Neuen unterbrach er bereits im zweiten Satz mit einem Abriss zu den Verbrechen der katholischen Kirche.

Wem wollte er hier etwas beweisen? Weit und breit gab es ihres Wissens nach nur noch sie. Seine sozialen Kontakte waren nahezu eingeschlafen, er bewegte sich kaum noch aus seinem Haus heraus und seine missionarische Reichweite war überschaubar. Auch online mied er ein eigenes, soziales Leben, da er sein Spezialwissen für derart ausschlaggebend hielt, dass internationale Geheimdienste wohl umgehend ein neues Team aufstellen würden, nur um ihn zu überwachen, zu kontrollieren, wegzusperren und im Zweifel auch auszuschalten, sollte er sich in ein beliebiges Forum einloggen, das am Rande vielleicht giftige Eiersalat-Rezepte besprach.

Wem wollte sie noch etwas beweisen? Sie war um der alten Zeiten willen hier, dem Damals, als das Private noch das Politische war und das Bewusstsein zudem der Mund-zu-Mund-Propaganda bedurfte. Sie hatte ihn für seine Intelligenz geliebt, für die forschen Gesten gegen das Establishment, für die Kritik, die sich als Vorstufe einer kommenden Revolution verstand, an der man täglich gemeinsam arbeiten wollte. Dialektik und so. Doch es blieb nur die Kritik von damals, nicht die Aufbruchsstimmung, nicht die Bewegung und nicht die Erotik. Lediglich das Posen selbsternannter Revolutionäre und dieses Veteranengerede. Verkopftes ohne Alltagsbezug, ein Lebensstil, dem keine Jugend mehr nachfolgte.

Sie unterbrach ihn, gab ihm zu verstehen, dass sie nun wieder zur Arbeit müsse. Er versuchte dies rational und erstaunlich pragmatisch nachzuvollziehen, gab ihr zur Abwechslung einmal Recht. Natürlich war er noch lange nicht fertig und hätte wohl gerne noch länger mit ihr, auf sie gesprochen. Doch er versuchte, dieses Bedürfnis wie jedes Mal runterzuschlucken, wollte sich selbst diese alt vertraute Abhängigkeit nicht eingestehen, sprach von einem Alltag, dem er nun ebenfalls wieder nachgehen müsse, belog sich damit. Traurig lächelnd schaute sie ihn an, griff nach seiner Wange, um ihm gegen seinen Willen etwas Nähe zu schenken und wohl auch, um etwas Rührung in ihm zu suchen. Nun war er es, der betreten hinaus in den Garten schaute. Dort müsse er heute wohl mal Äpfel pflücken. Oder Morgen. Das Fallobst mache ihm immer den Rasen so glitschig. Sie nickte, stand auf und bedankte sich für den Kaffee. Am Wochenende sei eine Großdemonstration in der Innenstadt, ob er nicht mitkommen wolle, die anderen seien auch da. Er wiegelte ab. Die wüssten alle nicht Bescheid, worum es eigentlich gehe in diesem Land. Außerdem sei eine Demo-Route durch eine kameraüberwachte Innenstadt sicher keine gute Idee. Wenn man nicht alles selber mache, scherzte sie. Er verstand diesen humorvoll gemeinten Einwurf nicht, überging ihn, war längst wieder in seinem angestrengt ernsten Universum mit sich allein, versuchte hinter seiner Stirn irgendetwas zu ordnen und auszusprechen. Hätte sie zu diesem Zeitpunkt nicht bereits vor seiner Haustür gestanden, er hätte ihr zahlreiche Assoziationen zur Innenstadtüberwachung, Gesichtserkennung und Nacktscannern dargeboten. Er könne es sich ja überlegen, verblieben sie. Dass er diesmal ja sagte, verbuchte sie als Erfolg. Auch wenn beide bereits jetzt wussten, dass er wieder nicht dort sein würde. Bei ihm würde das Politische wohl für immer privat bleiben.

Sollte sie sich neben den Kindern demnächst auch um die Pflege ihrer Mutter kümmern, würde sie die Besuche bei ihm einstellen müssen. Das hatte sie ihm nicht verschwiegen, aber keine Gelegenheit gefunden, es auszusprechen. Es war das letzte Mal, dass sie sich sahen. Er hatte sie ein zweites Mal verloren und wusste es nicht mal. Alles wusste er, nur das nicht.

Der Karton mit all den alten Fotos und Erinnerungsstücken ging bei dem Umzug in eine andere Stadt verloren. Sie trauerte darum, war wütend auf die Packer, doch konnte daran nichts ändern. Ein paar Male versuchte sie, ihn auf seiner alten Festnetznummer zu erreichen, doch er ging nicht dran. Dann wurde der Anschluss abgestellt. Später meldete sich am anderen Ende ein neuer Besitzer. Sie musste bitter feststellen, dass man von den Erinnerungen allein nicht leben konnte. Er war für immer weg. Sie nahm es ihm übel und vergaß ihn. Das Leben war wichtiger.

17- Enthaltsamkeit

Von aller Spannung befreit saß er nun da.

Er hatte das Verlangen aufgegeben.

Kein absurd eigenwilliges Bedürfnis zog mehr an einer Zigarette und gleich an der nächsten. Kein Alkohol bot mehr diesen sich selbst steigernden Sog, der ihn und seinen Übermut sonst so wohlig durch die Nächte flog.

Selbst das Flirten war ihm als möglicher Reiz dieses noch jungen Abends genommen, seine Leidenschaft an seine Liebste verpachtet. Seine Umwelt verlor an Versuchungen und es fiel ihm immer schwerer, eine echte Beziehung zu ihr aufzubauen.

Auch die Freude am Essen war für ihn nun tabubeladen, wurde in engere Bahnen geleitet. Völlig nüchtern und ohne verbliebene Spiele im Sinn saß er nun da und starrte in diese Leere. Warum sollte er noch ausgehen, wenn ihm jeder Exzess und jede Verführung letztlich verwehrt blieb? Was wollte er von dieser Welt, wenn er sich nicht mehr auf sie einlassen durfte?

Natürlich könnte er es sportlich nehmen und wie ein braves Mädchen nur für sich tanzen, berührungslos den eigenen gesunden Körper genießen. Oder an der Bar andere Einsame und Einzelgänger von der Seite anquatschen, künstlich ein Gespräch über zufällig vernommene Wortfetzen beginnen. Doch er wusste, es würde ihn nicht berühren. Er würde dies bemüht überspielen müssen und hätte für die rettenden Nipppausen jenes Glas Wasser in der Hand, das andere bei echtem Durst bestellten und dann wohl in einem Zuge leerten. Den Abenden fehlte ein spürbarer Trinkrhythmus. Sein Kopfkino konnte dies nicht kompensieren. Er vermutete zudem keinen Verve mehr dort draußen, der über das Feiern hinaus ging, keine geistige Dynamik, die er nicht selbst schon ausgiebiger erlebt hätte, keine lohnende neue Erkenntnis. Und würde er entgegen dieser Vermutung doch bewegende Momente finden, so wäre er überflüssig unter den noch Fließenden. Als lasterloser Prediger des Treibenden konnte er sich selbst kaum ernst nehmen und würde dies auch nie von anderen verlangen. Völlig rauschlos würde er dieser Nacht fremd bleiben, denn eine gute Nacht brauchte für ihn etwas Erotisches, zumindest die Andeutung oder den Hauch eines Kontrollverlustes, um ihn mitzureißen. Doch das war ihm nicht mehr vergönnt.

Die Askese tötete, was ihn einst so ausgemacht hatte, seine Identität war durch und durch verknüpft mit all den Ausschweifungen seiner Jugend, die er auf Anraten seiner Ärzte nun beendet hatte.

Und so saß er dort in seiner Apathie und bewegte sich nicht mehr. Es gab keine Lust, keine Inspiration, keine Unvernunft mehr in diesem neuen Leben. Nur noch Sport, vernünftig gesunde Kämpfe um Zurückhaltung, um optimierte Grenzen, die sich über Ausdauer, Muskelkraft und Inhaltsstoffe definierten. Alles drehte sich um den völlig kruden Kampf gegen sich selbst. Als gewinne man seine Mentalität in der Enthaltung, ohne

Berührung, in der Distanz zu den unplanbaren Dynamiken des Lebens, den dunklen Nächten, die in den Lebensläufen nicht mal als Hobby eine Erwähnung fanden, obwohl sie so viel echte Lebenserfahrung bedeuten konnten.

Er wünschte sich wieder mehr ehrlichen Dreck in den Gesichtern seiner Mitmenschen, ein wenig Gefahr für diese Spiegelästheten und Körpergärtner, etwas Überforderung für mehr Charakter und am Wochenende für sich und andere auch mal den Absturz in der Gosse, der die Gesichtszüge so schön knitterte. Er wünschte sich wachsende Menschen, nicht diese kühlen Lächler mit Planungsrückständen zwischen den viel zu regelmäßig gebleichten Zähnen.

Er hatte dort draußen noch so viel zu erledigen und feiernd anzustoßen. Doch er hatte ihr versprochen, sein Verlangen nun zu zügeln. Sie war die Pächterin seines Körpers. Sie hatte ein berechtigtes Interesse daran, dass er länger lebte, als die Drogen es zuließen. Doch vielleicht würde er nie wieder derselbe sein.

18- Besuch der Propheten

Das, was sie immer schon wussten, trat ein.

Was sie vorhersagten, setzte sich und ihnen weiter zu.

Das was sie wahrhaben wollten, trank ihr Bier und auch den teuren Likör aus der Vitrine.

Was sie immer schon befürchtet hatten, kotzte ihnen auf den Teppich und taumelte stinkend in ihr Ehebett.

Wer ihre Erwartungen nur ungern enttäuschte, der blieb, undankbar.

19- Stolz

...ihr Wunsch zu kommunizieren hatte stark abgenommen. Dass sie diese Worte überhaupt noch las, war mehr Sorgfaltspflicht denn Neugierde. Sie hatte nicht vor, auf diese Nachricht zu reagieren. Organisatorischen Details und Notwendigkeiten drangen weiterhin zu ihr durch. Wünsche, Gesten und Provokationen hingegen beließ sie gerne in dem sozialen Rauschen, das sie umgab. Sie hatte ihr Leben im Griff.

All das Drama, diese Inszenierung von Lebendigkeit, von Emotionen, von Lebens-lauf-Hobbys und anderen komischen Date-Narrativen ließ sie kalt. Sie spiele sich einfach nicht gerne in den Vordergrund, redete sie sich ein, seit sie niemanden mehr brauchte. Dabei mied sie nur die enttäuschte Aufmerksamkeit, die an ihr vielleicht nichts Besonderes mehr fand, wenn sie zu genau hinsah. Der Alltag gab ihr verlässlich Halt und Aufgaben. Sie routinierte die Wochen. Sie fühlte sich darin erwachsen und reifer und sah keinen Grund, das zu ändern.

Natürlich kannte sie andere Menschen in ihrer Situation und deren Schicksal. All die Damen, die sich nie eine Blöße gaben und den Kontakt im Zweifel lieber vermieden, um keinen Makel davon zu tragen, der ihrer Reputation in den zunehmend schrumpfenden Zirkeln schaden könnte. Sie sah die Strenge, die Verbitterung in den faltigen Figuren, die in früheren Zeiten wohl als Nonnen ihre Enthaltsamkeit begründet hätten. Jesus Christus bot ihnen eine erfüllte Beziehung. Doch die Hoffnung auf einen Messias würde sie niemals erfüllen.

Für sie war nun dieser langgezogene Moment der Entscheidung gekommen, ob sie doch noch Risiken eingehen würde, die ihren Stolz und ihre Unbeflecktheit gefährden könnten. Sie spürte bei diesem Gedanken nichts als Gleichgültigkeit, keine drängende Leidenschaft. Nur einen Anflug von Moral, einen Anflug von Urteilssucht.

Der Welt begegnete sie nun immer häufiger mit zwei hochgezogenen Augenbrauen. Die Unsittlichkeit dieser jungen Dinger, für die sie selbst immer zu beherrscht gewesen war, hatte keine negativen gesellschaftlichen Konsequenzen mehr. Im Gegenteil. Sie saßen ihr gegenüber, als Begleiterinnen deutlich älterer Herren aus gutem Hause. Das, was sie lebte, erfuhr hingegen keinen Respekt mehr dort draußen. Und diese Ungerechtigkeit nagte an ihr, nahm ihr jede verbliebene Lust, sich mit dieser Welt noch auszutauschen, ihr die Anerkennung zu geben, die jede gute Konversation verlangte.

Nein, sie wollte, dass alles in alter Ordnung blieb. Bis ein Herr alter Schule förmlich um ihre Hand anhielt und sie dennoch jederzeit ablehnen konnte, sollten seine Manieren oder seine Herkunft dies gebieten. Sie war unantastbar und würde nur unter ihren Bedingungen eine Partnerschaft eingehen. Dies war sie ihrer toten Mutter schuldig. Sie hatte das letzte Wort. Und doch nichts zu entscheiden…

20- Keinen Wink weiter

...wenn sie sich mehr davon versprach, wollte ich ihr nicht weiter im Wege stehen. Die rationale Lebensgestaltung war nicht meine Stärke und mein Ratschlag für sie wäre wahrscheinlich ein anderer gewesen. Einer, den sie nun nicht mehr gebrauchen konnte, wie sie mir deutlich machte. Sie wollte im Leben einen Punkt erreichen, um dazu zu gewinnen, ich meinen nicht verlieren und weiterhin unberechnet lieben.

All die Details, all die Meilensteine, die uns vielleicht trennten, hielten mich nicht davon ab, mich wieder nach diesem unverkrampften Glück in ihr zu sehnen. Nach dieser Ausstrahlung, die sie auf Sommerwiesen einer ungewissen Zukunft entgegen lächeln konnte.

Sie würde sich einen anderen Partner auswürfeln, für den sie es genauso tat, mit dem sie ihren Lebenslauf aufbessern konnte, statt sich bei mir Tiefsinniges, Leidenschaft und Orientierung zu holen. Ich half ihr gerne auf dieses selbst erbaute Siegertreppchen des vermeintlichen Lebensfortschritts, wenn sie das nun brauchte. Ich war nur noch diese Treppenstufe.

Der Sinn des Lebens ist eine Medaille von zwei Seiten. Ein Lob muss man sich selbst aussprechen. Das andere, meine Seite der Medaille würde ich nicht ihr, sondern woanders verleihen.

Ich streifte noch wochenlang melancholisch durch die Straßen, während sie sich bereits freudig einen soliden Leichtsinn mit beliebigen Trendsport-Hobby anlachte. Ich würde applaudieren, sie beglückwünschen und leise verschwinden, als wäre ich nie da gewesen.

Der Schmerz, einen Menschen verloren zu haben, schärfte meine Sinne für wunderbare Personen um mich herum, die ihr Herz niemals ihrem Leben opfern würden. Mein Lob würde ich woanders verteilen, dort wo es Sinn machte und Menschen keine Siege mehr brauchten, außer über sich selbst. Ich würde weiter an die Liebe glauben.

21- Außer Haut

Ich mustere Giraffenhälse. Muskuläres Linienzucken, Geradenwaben, netzfarbige Versorgungsschächte aus den leeren Baumkronen. Irgendwo dort oben fressen sie sich durch den inzwischen dürren Blätterwald. Lecken die letzten grünen Zweige mit gemütlich gierigen Zungen weg. Gleichgültig schauen diese geraden Wesen auf das Laub zu ihren Füßen. Sie verdrängen hoch geboren die Jahreswechsel, begreifen das nahe Ende nicht.

Doch das Klima ändert sich, ist gekippt.

Nashörner hingegen widmen sich den nahenden Problemen. Sie nehmen kurzsichtig auch geringste Bedrohungen ernst. Ihre Hörner streifen den Boden, wenn sie angreifen. Sie fliehen sich nicht in die Wipfel und sind doch nervös.

Wenn ich mich entscheiden müsste, so würde ich wohl meine Nashörner retten. Noch haben sie ungefähr zwei Wochen Ration. Zwei Wochen für die Netzhäuter, endlich ihren Kopf zu senken. Zwei Wochen für die Dickhäuter, ruhig die Stirn zu heben. Dann sind sie frei und auf sich alleine gestellt.

Der Untergang dieser Welt war nicht meine Idee. Ich bin lediglich der Zoowärter, vielleicht letzter meiner Art.

In den Tieren erkenne ich viele der Menschen wieder, die bereits zugrunde gingen. Auch sie konnten nicht aus ihrer Haut. Und so ging es zu Ende.

22- Konstern

...sie hatte uns vorsichtig darauf vorbereitet, dass es in ihrem Verständnis nicht nur nüchterne Argumente und Zahlen gab, sondern auch eine Art von Empathie, die man vorschnell „esoterisch" nennen könnte. Ihre lange Herleitung reizte das Mitteilungsbedürfnis der stets ungeduldigen Zuhörer. Ruhelos wandten sie sich ab und suchten woanders ein Publikum für ihre eigene Tiraden. Dass sich diese Frau ihrer möglichen Wirkung bewusst war, beeindruckte jedoch einige der Anwesenden und hielt überraschend ein paar Zuhörer.

Das Zuhören ist nicht jedermanns Stärke: Dies war keine Neuigkeit. Jeder hatte seine eigene Theorie und jeder empfand sich selbst als wichtiger und relevanter als das Denken eines Anderen. Und auch in der verbliebenen Runde würden viele die Worte ihres Gegenübers rasch wegschieben und innerlich übertönen, wenn diese Frau ihnen plötzlich zu nahe trat. Sie alle waren darin geschult, fremde Überlegungen mit einer eigenen Perspektive zu dominieren. Auch diese Rednerin musste Vorlagen für die Bestätigung fremder Überzeugungen bieten, um weiterhin gehört zu werden.

Sie umschrieb nun etwas, das sie sich selbst nicht ganz erklären konnte, das sie aber als essenziell für eine sogenannte "Theorie emotionaler Übergänge" empfand, an der sie derzeit arbeite. Sie beschäftige dieser Moment zwischen Wut und Hass, wenn ein Ärger oder eine Aufregung in die Verachtung gleite. Für sie gebe es ruhige Zustände empfundener Ungerechtigkeit, die sie mit dem Begriff ‚Zorn' umschrieb. Die ‚Wut' sei für sie eine Steigerung dessen, aber immer noch an einer konkreten, meist vernünftigen und zielführenden Kritik interessiert. Doch der Sprung zum ‚Hass', dieser Abfälligkeit gegenüber Menschen, dieser Entmenschlichung gar, sei für sie nicht greifbar.

„Was ist dies für ein Modus, in dem man die Entwürdigung eines anderen als Stilmittel in Kauf nimmt? Was muss einem Menschen passiert sein, dass er sich nicht mehr einfühlen möchte? Welche Ausweglosigkeit, welch selbstmitleidiges Empfinden treibt uns in diese brutale Zynik? Sind wir tatsächlich Opfer unseres eigenen Chauvinismus, der plötzlich niemandem mehr überlegen ist? Bitte erklärt mir, was ist dies für ein Moment, in dem man einfach einen Schalter umlegt und nicht mehr nur sauer, sondern innerlich regelrecht hässlich wird und sich darin sogar gefällt und genügt?"

Zumindest sie könne diesem Gefühl nicht folgen. Ihre Frage verhallte. Nur ich war noch als Zuhörer geblieben, fasziniert von dieser verbliebenen Fähigkeit, der Welt konsterniert entgegenzutreten.

Sie begriff nicht, was anderen Menschen die Skrupel nahm. So als habe sie selbst nie eine Kränkung erfahren. Vielleicht war sie behütet aufgewachsen, hatte in ihrem Leben stets Rücksicht und Höflichkeit erfahren, wurde von anderen Menschen geschätzt oder gar hofiert. Doch diese mögliche Unschuld machte sie für viele in dieser Runde unerträglich. Sie genoss ein Privileg, das sie nicht mal begriff. Ein Privileg, das sie bei jedem anderen einfach voraussetze. Diese hässliche, unerbittliche Welt mit all ihren Demütigungen war ihr offenbar fremd und ich wünschte mir plötzlich mehr Menschen wie sie.

Der Neid blieb wie so häufig ein komischer blinder Fleck, eine Scham, die man schnell überspielte. Sie würden diese Frau für naiv erklären, auf die abfälligste Weise, die man einem Menschen die Schuld für die eigene Unschuld geben konnte. Sie blickte mich an und ich bemerkte eine komische, verzweifelte Hoffnung in ihren Augen. Ich fühlte mich plötzlich verantwortlich für diese Hoffnung und konnte ihr doch keine Antwort bieten, die alte Narben heilte. Wem die Naivität einst brutal genommen wurde, der wird sie auch bei anderen stets böse belächeln. Dieser Wunsch, anderen die Unschuld zu nehmen, war selbstverständlich weder aufklärerisch noch verständnisvoll, nur der Ausdruck der eigenen Schmach, der eigenen Kapitulation vor einer hässlichen Welt, die nichts Ideales mehr an sich haben durfte, nur noch den eigenen Schmerz.

Konnte der Weltschmerz dieser Frau, die verbliebene Unschuld etwas daran ändern?

23- Rudelblicke

Es wird gefeixt, geneckt, der Jagdblick aufgesetzt, es wird gedrängt, gerudelt, die Körperfülle aufgezwängt. Es glitzern die ersten rauen Blicke, es nährt sich pöbelnder Übersprung, Ausbruch konkurrierender Zirkelschlüsse. Ein zynisches Grinsen begrüßt die Fremden außer Konkurrenz unter zu vielen Platzhirschen mit geringer Relevanz für fremde Lenden. Und diese Enge erschafft sie, lässt sie weiter rangeln, ihre Ränge ordnen, auf der Suche nach dem Männlichsten unter den freaklosen Gesellen rücksichtslose Attacken horten.

Der Übermut brodelt allerorten, lässt sich kaum noch bändigen, eine wilde Horde der Selbstliebe, ein nie gesättigter Größenwahn und das Schicksal vom ewigen Ende als Mann und nur als Mann, einer Behauptung unter gehässigen Kameraden, einer Rolle in nie ausgesetzten Pöbelkreisen, das stete Necken der vermeintlichen Freunde auf den jährlichen Pöbelreisen und diese Eitelkeit, ein Mann zu sein, nur sie bleibt.

24- Unwohl in Gruppen

...dies sei eine komische Ansammlung ruppiger Worte und kämpferischer Stoßrichtungen, stellte er fest. Die Gruppierung an sich sei doch so aus der Zeit gefallen.

Er sei stets irritiert von diesen Krämpfen alter Zeiten, die einen subtileren, menschlichen Zusammenhalt doch so oft verhinderten. Bei ihm setze sich inzwischen der Eindruck, die Trennenden wollten einfach nicht verstehen, dass sie nur die Teile eines über sie herrschenden Problems seien. Sie alle hätten ihre Eitelkeit als die treibende Kraft dieser Welt unterschätzt und fühlten sich sehr wohl in ihren Posen.

Auch ich fragte mich gelegentlich, warum wir in postmodernen Zeiten noch Kollektive bilden sollten. Diese Gruppierungen, die wieder und wieder in das Spiel der Strömungen eintraten, um einen völlig absurden Kampf der Zeichen zu gewinnen. Expressive Vereinigungen, die sich selbst als sehr politisch wahrnahmen, aber in diskursiver Eigendynamik unser Handeln verspielten.

All diese ernsten Ansammlungen, die sich in ihrer gesellschaftlichen Ohnmacht schließlich nach innen richten würden, wortreich gegen eigene Mitstreiter vorgingen und sich mit trennenden Sprüchen einen

wachsenden Einfluss unter den Einheiten eines beliebigen Kampfbegriffs erhofften, ließen ihn inzwischen
ratlos zurück. Er fragte mich, wieso wir Einzelmenschen
uns je hinter solchen Marken versammeln sollten. Wenn
das derart gewonnene Gemeinsame durch den Geltungs-
drang anderer Einzelmenschen sofort wieder verein-
nahmt würde?

Ich hatte keine Antwort auf diese Frage, war mir jedoch
nicht sicher, ob wir in Zukunft auf jegliche Form der
Organisation verzichten dürften. Jede menschliche Ansammlung berge die Gefahr einer Hierarchie, entgeg-
nete ich ihm.

Die Gruppierung an sich bleibe für ihn dennoch ein
Anachronismus. Sie passe nicht in eine Zeit des Indi-
vidualismus. Sie sei nur eine Erinnerung an das letzte
Jahrtausend. Dieser Hang zur Unterordnung, zur Bei-
ordnung, diese Bereitschaft zur Übernahme befördere
immerzu jene Menschen, die sich selbst am liebsten
hätten. Ihn erstaune diese komische, tief sitzende Angst,
ohne Bedeutung zu sein, sollte man keine Zugehörigkeit,
kein Zitat und keine Erfüllung in einer Pose für sich
finden. Dieser verunsicherte Narzissmus sorge sich
offenbar, allein zu sein und nur für sich zu stehen und
nehme deshalb die Gemeinschaft mit anderen gekränk-
ten Narzissten stetig in Kauf. So sehr sich der einzelne
mit seiner Gruppe der Welt da draußen zuwende und in
seinen Begriffen politisch sei, so sehr schlüpfe er doch
unter, wende sich nach innen und widme sich seiner
eigenen Geltung. Einer chronisch unbefriedigten und
unterentwickelten Geltung, fügte er hinzu.

Auch ich sei manchmal Narzisst und strebe darin nach Geltung, auch ich stünde manchmal auf einer Demo und ginge in der Masse unter, warf ich ein.

Man tue dies doch nicht für eine Fahne oder ein Label, sondern für die Sache an sich, stellte er fest. Das sei doch das politische Verantwortungsbewusstsein, auf das wir letztlich hinaus wollten, vereinnahmte er mich mit seiner Ansicht.

Und ich gab ihm darin recht. Dennoch musste ich noch einmal auf das letzte Jahrtausend zurückkommen. Ob die Vereinzelung und Fragmentierung nicht immer auch eine Machtstrategie gewesen sei, der man sich entgegen stellen müsse, wandte ich ein. Eine Gruppierung könne doch als eine solche Geste verstanden werden, als Versuch, sich nicht trennen zu lassen. Ich würde zudem bezweifeln, dass der Aufwand des Einzelnen, sich zu informieren und zu engagieren in der knappen Zeit eines arbeitenden Menschen wirklich zu meistern sei. Als Rentner habe er schlicht mehr Zeit, dieses von mir unbestrittene Ideal zahlreicher Einzelkämpfer auszufüllen.

Einzelkämpfer sei für ihn das falsche Wort, stellte er klar, denn er sei nicht allein. Er pflege durchaus Kontakt zu anderen Menschen, vertrete in vielen Kontexten seine Meinung und spiele dort eine integrative, verbindende Rolle. Doch er brauche dafür keine Gruppe.
Eine Vereinigung, die ein Image aufrecht erhalte, sei derart berechenbar, dass sie zu einem Spielball werde. Sie strebe letztlich nach einem Platz in der allgemeinen Öffentlichkeit, wolle dort Geltung und diszipli-

niere dafür ihren eigenen kleinen Ausschnitt der Gesellschaft, lasse intern keine Nuancen mehr zu, die einen Brückenschlag bedeuten könnten. Kleine diskursive Monstren, die an ihrer Kette um sich schlügen und dabei letztlich nur jene träfen, die ihnen nahe sind. Wer dies nicht begreife, sei für ihn ein Crétin, frömmelnd, moralisch, kniend von einer Institution überzeugt, die ihn in der Konkurrenz und Abgrenzung zur Welt an sich binde.

Er machte nach diesem kleinen, heftigen Rant eine längere Pause, ging in sich und malträtierte beiläufig seinen Bart. Seine Augen glitten in die Ferne. Er sei bereits alt und habe schon viel erlebt. Dabei habe er mit der Zeit eine Philosophie entwickelt, an die er sich bis heute halte. Er arbeite an dem gegenseitigen Vertrauen der Menschen, darum bemühe er sich in seinem Alltag mit all seiner Kraft und all seinem ihm zur Verfügung stehenden Charme. Er werde nie wieder einer Gruppierung vertrauen, die ihn und diese so unterschiedlichen und oft unperfekten Menschen gerne auseinander brächte. Der dünne Firnis der Zivilisation sei dieser Kontakt, den er weiterhin pflege. Das Leben sei vielschichtiger als ein trennender Kampf und er habe nicht vor, diese Weisheit für ein paar jugendliche Spinner aufzugeben, die ihre selbstherrliche Provokation tatsächlich für einen zivilisatorischen Fortschritt hielten.

Er klang sehr bitter bei diesen Schlussworten. Man sah, dass seine Augen einen Ort in der Vergangenheit aufsuchten, dem diese Ausführungen galten. Vielleicht sahen sie den Verlust einer Freundschaft, eine unumkehrbare Eskalation in seiner Stammkneipe, vielleicht eine zerstörte Heimat oder den Tod naher und geliebter Menschen. Es war ein Blick, der den Krieg gesehen hatte und nicht bereit war, dieses Risiko erneut einzugehen.

25- Privatier

...und mit privat meine er nicht Familie, Haus, Hund und Katze. Ob wir privat Verantwortung übernehmen würden im Sinne eines viel allgemeineren Guten. Ob wir nicht nur unsere Kinder zu guten Menschen erzögen, sondern auch etwas Positives dort draußen, außerhalb unserer Verwandtschaften fördern würden. Und dies nicht im Sinne einer Abwehr unerhörter Eingriffe in das Private, nicht als Klage über Nachbarn, Steuerpolitik oder neue Tempolimits, die einen persönlich beträfen. Sondern eben eine aktive Förderung und der stete Aufbau gemeinsamer Kultur in anderen Bereichen.

Ob wir das Private inzwischen vielleicht als eine Art Urlaub verstünden, wo unsere Mithilfe an größeren Dingen einmal nicht gebraucht würde, eine Zeit und ein Raum, in die und den wir uns zurückziehen könnten und nicht mehr müssten. Ob wir selbst bei Kleinigkeiten nicht mehr teilnähmen und unterstützen, da es ein hart erkämpftes Privileg sei, dies nicht zu tun.

Vielleicht sei die Ignoranz ja auch eine Art Statussymbol, vermutete er ins Blaue hinein, wie bei einem Model, das regungslos alle Blicke und Avancen ignoriere, wie bei einem Mitglied des Geldadels, das eine Sorge um etwas nicht mehr nötig habe. Ob es vielleicht der Eindruck von Abhängigkeit sei, den man tunlichst vermeiden wolle, wenn man sich irgendwo aktiv invol-

viere. Er bekomme manchmal das Gefühl, das Gleich-
gültige und Unverbindliche werde als eine Art Luxus
verstanden und nur das Negative und dessen Abwehr
mobilisiere uns noch und erhalte unsere Zustimmung.
Er wolle niemanden verurteilen, sondern sei lediglich
neugierig und bei diesem Punkt auch etwas ratlos.

Er würde es gerne verstehen, was uns im Kleinen so
unachtsam oder so verantwortungslos oder so zynisch
mache, dass gelegentlich selbst ein Klick oder ein Gruß
zu viel verlangt sei. Es ginge ja oft nicht mal um großen
Aufwand oder gar Geld. Er glaube nicht an das Schlechte
im Menschen, sondern suche weiter nach anderen Gründen...

26- Dürfen und Bedürfen

Wir trauen der offenen Selbstsucht unserer Mitmenschen inzwischen mehr als einer offenen Bitte um Hilfe.

Die Achtlosen erwarten wir bereits und können uns in ihrer Rücksichtslosigkeit einrichten. Von dem Flehenden verlangen wir Nachweise für seine Bedürftigkeit, und mehr Rechtfertigung als von Menschen ohne Not in ihrem ebenfalls unerhörten Dasein.

Denn der Bedürftige verkauft auf offener Straße unser Mitgefühl. Er nötigt uns zu Nächstenliebe und rechnet dabei kühl mit unserem Gewissen. Bei persönlicher Zuwendung verweigert er uns bleibende Beziehungen oder die Aussicht auf Veränderung. Durch die Wiederkehr an den immer gleichen Bettelort nimmt er uns die Genugtuung, dass unsere Schenkung etwas dauerhaft bewirken konnte. Oder wieder bewirken könnte, sollten wir uns erneut auf diesen Fremden einlassen, der uns in seiner Bedürftigkeit zu nahe kommt.

Diese Rücksichtslosigkcit, dieses respektlose Kalkül stört uns. Es wird uns nicht gerecht. Wir beurteilen den Bettler aus diesem Grund härter als andere Passanten, die in ihrem Leben nie echte Probleme hatten und uns ebenfalls kühl und gleichgültig begegnen. Und ich frage mich, ob es uns in Zukunft nicht immer schwerer fallen wird, einem fremden Schicksal gegenüber Offenheit zu bewahren, wenn wir bereits auf dieser sehr alltäglichen Ebene eine solche Härte entwickeln.

Ja, auch das spontane Mitgefühl, diese letzte menschliche Naivität, die unsere moderne Blasiertheit gerne verdecken möchte, wird offenbar geschäftstüchtig von Bettlern und anderen abgeschöpft. Doch während all die andere Werbung um uns herum auf Lust und Affekte, auf unsere persönlichen Gefühle setzen und dabei sogar etwas „Gemeinschaft" vorspielen darf, empfinden wir den emotionalen Anlass des Bedürftigen als Zumutung, als einen Übergriff, als einen möglichen Betrug oder zumindest als eine Übervorteilung, bei der man uns überrumpelt und unser schlechtes Gewissen einfach so ausnutzt.

Ausgerechnet diesen Menschen misstrauen wir lieber, wenn sie uns kurze, emotionale Befriedigung verkaufen, die unser Gewissen ein wenig beruhigt. Obwohl sie uns so sehr ähneln. Obwohl sie unserer gesamten Geschäftswelt samt emotionalisierender Werbung im Prinzip gleichen, diese spiegeln, um in unserer Welt zu überleben.

Unser Luxus ist maßlos, doch der Mensch möchte sich nicht beschränken. Es geht um ihn und nur um ihn und selbst im Falle eines Obdachlosen ist er selbst betroffen und nicht der Bettelnde. Es geht um die eigenen Bedürfnisse und die Freiheit, das Geld lieber für einen Zweitwagen oder das neue iPhone auszugeben, während ein Mensch vor dem Supermarkt nur ein paar Cent erwartet und mehr nicht.

27- Laubenhauben

Die Energien fließen noch.

In den Familien, in unserem Alltag, wenn wir uns aufregen über die kleinen Dinge, die großen, die fernen, die bloßen. Doch was wollen wir genießen? Werden wir darauf stoßen oder gestalten wir selbst, was wir in unseren Kleingärten gießen. Den Trugschluss der Unabhängigkeit, getrennte Parzellen, etwas Selbstversorgung, eine gemähte Wiese zum Liegen. Ordnung im Kleinen, die der Welt dort draußen trotzt. Ein Ort zum Weinen, wenn ein Obdachloser dir in die Hecke kotzt und dabei neidisch auf deine kleine Laube blickt. Die Welt ist in Ordnung, bis sie dich fickt. Wir genießen, was wir verdrängen und lassen die Welt da draußen hängen.

28- Träume alter Zukunft

Ich erinnere mich an eine Zeit, als es noch keiner Erinnerungen bedurfte. Wir verinnerlichten all das Verrinnende als Gegenwart und waren zufrieden mit der Vergänglichkeit.

Manchmal träumten wir dennoch von der Zukunft, wie sie wohl werden würde und sein könnte. Wir fragten uns gespannt, ob unsere Fantasie bereits ausreichen würde, all die kommenden Möglichkeiten zu kennen.

Irgendwann schauten wir dann zurück und stellten fest, dass wir unsere Fantasie tatsächlich kaum ausgereizt hatten. Rückblickend wissen wir um so viele Chancen, für die uns die Vorstellungskraft damals noch fehlte und die wir deshalb nicht nutzen konnten.

Doch was wollen wir uns mit dieser Erinnerung beweisen? Dass es keiner neuen Fantasie mehr bedarf, um weiter nach vorne zu blicken und neue Chancen zu nutzen? Wir erinnern uns zu gern an Träume, die eine alte Zukunft betreffen und lernen daraus nichts.

o Edit o Edit on

Pseudonymphen
Einhörner und Zuckerwatte
978-3-7519-3381-0

E-Book:
978-3-7519-8732-5

Die verbliebene Fähigkeit
mit der Welt zu flirten
978-3-7519-3384-1

E-Book:
978-3-7519-8728-8

Metal iteratur
über schreiben
978-3-7519-3423-7

E-Book:
978-3-7519-8729-5

Zeichenleim
mit Reim
978-3-7519-3429-9

E-Book:
978-3-7519-8730-1